·大河文丛·

诗歌集

山水龙草

秦 兵 著

黄河出版传媒集团
宁夏人民出版社

图书在版编目(CIP)数据

山水光晕 / 秦兵著. —银川：宁夏人民出版社，2018.4
（大河文丛）
ISBN 978-7-227-06899-0

Ⅰ.①山… Ⅱ.①秦… Ⅲ.①诗集–中国–当代 Ⅳ.①I227

中国版本图书馆 CIP 数据核字(2018)第 088513 号

大河文丛
山水光晕

秦兵 著

责任编辑　周淑芸
责任校对　白　雪
封面设计　叶　莉
责任印制　肖　艳

黄河出版传媒集团
宁夏人民出版社　出版发行

地　　址　宁夏银川市北京东路 139 号出版大厦(750001)
网　　址　http://www.yrpubm.com
网上书店　http://www.hh-book.com
电子信箱　nxrmcbs@126.com
邮购电话　0951-5052104　5052106
经　　销　全国新华书店
印刷装订　银川泓昌彩色印刷有限责任公司
印刷委托书号　（宁）0009400

开本　889 mm×1194 mm　1/16
印张　8.5　　字数　50 千字
版次　2018 年 7 月第 1 版
印次　2018 年 7 月第 1 次印刷
书号　ISBN 978-7-227-06899-0
定价　20.00 元

版权所有　侵权必究

《大河文丛》之序

张学东

我始终以为，但凡有河水流经的城市，总是令人产生无限的遐思；那些被河水长久滋养的土地，必能诞生神奇和壮美。

青铜峡素有塞上明珠、鱼米之乡的盛誉，山川锦绣，人杰地灵，滔滔黄河之水千百年来在此奔流不息，向世人诉说着一段段自秦汉以来的农耕历史。2017年金秋时节，青铜峡作为宁夏引黄古灌区被正式列入世界灌溉工程遗产名录，这是中国黄河流域主干道上产生的第一处世界灌溉工程遗产，全世界将目光聚焦在这片创造了农耕文明的古峡圣地。而今适逢宁夏喜迎60年大庆之际，六卷文学丛书《大河文丛》即将付梓行世，这既是青铜峡作家们的一次集体亮相，更是向自治区60年大庆呈上的一份厚礼。

《大河文丛》主要囊括了近年活跃在宁夏文坛的鲁兴华、董永红、袁鸣谷、包作军、孙海翔以及秦兵六人的文学作品选集。此前他们的作品多发表在宁夏的《朔方》《六盘山》《黄河文学》等刊物上，并在区内外多次获奖。这六本书的作者有一个比较普遍的特点，即他们都扎根于青铜峡，有教师，有护士，有公司职员，也有机关干部等，他们长期生活在这片土地上,且是利用业余时间进行文学创作。他们的作品散发出泥土的气息、花草的香味,有时甚至如河水那般温润蕴藉,给读者带来美好的阅读体验。

鲁兴华在创作短篇小说之前,曾写过大量的微型小说,最典型的当数《"骆驼"的罗曼史》,可谓构思精巧,语言简练,故事不蔓不枝,通过寥寥数笔,就把小人物的喜怒哀乐惟妙惟肖地刻画出来。后来,她又改作短篇小说,依然延续了那种近乎白描式的创作手法。《旅途》可以说是她转型之后,最为出色的一篇短篇佳作。故事依旧非常简单,从旅行团队的一日游写起,大巴车上坐了形形色色的旅客,在短暂的相遇相识之后,看似美好的观光旅游开始了,可美中不足的是,旅途中人们发现团队中居然有一位按摩小姐——她其实是位心地良善、完全靠双手谋生的普通劳动者,而几乎所有的旅客都用有色眼镜看她。作者巧妙地通过那些冷漠的表情、猜疑的心态和世俗的眼光,洞悉了人性中很不光彩的一面,从而歌颂了来自底层的按摩工作者的淳朴与正直,批判了所谓中上层社会人士的狭隘与自私。

鲁兴华的另一篇小说也堪称出色,《一只羊的独白》以第一人称即动物的视角,生动展示了一只羊短暂的人世遭遇,从而唤醒读者久已麻木的心灵,就像老子所倡导的"齐观万物"的法则,我们人类并非这个世界的唯一主宰,该对一切生命常存敬畏之心。众所周知,短篇小说最是以"短"见长的,倘若在该短小的结构中涉猎了人类那些重大的命题,它在某种程度上也就变得宏大了。鲁兴华通过个人的不懈努力和创作,让我们看到了这种可能性。

另外一位女性创作者是董永红,她已先后出版过两部长篇小说。由于长期在医院工作,董永红对病者之痛、医者之艰难等医患关系,有着更为深切的体悟和了解,其短篇小说或侧重刻画病人家属的焦虑与困境,或真实记录一线医生的日常繁重诊疗。《等你长了头发》较为生动地讲述了患有白血病的琛琛在住院治疗期间，与张大夫等医护人员之间发生的感人至深的故事。琛琛的母亲为了给孩子治病，不停奔走于单调、繁忙、压抑的医院科室之间，孩子的病情无时无刻不牵动着她的心。让人略感欣慰的是，张大夫们对小患者总是和颜悦色地加以抚慰，尤其是母亲给孩子的那句承诺"等你长了头发"，在不知不觉中将故事的悲剧色彩淡化了，让人真切感受到至善亲情足以抵挡世上的一切病痛和灾难。

在董永红的《自愿书》中，有个叫蛮大胆的女医学专家，自小就在男孩子堆里玩闹嬉戏且从不甘示弱，后来做了医生果然是大刀阔斧手术精湛，而这个女医生最叫人惊诧的却是，逢人便会建议对方在生前签署器官捐献协议，经过她的软磨硬泡，最终故事中的"我和父亲"都签了这种自愿书。小说在看似闲散戏谑的叙述过程中，勾勒出一个另类医生的形象，同时，也将人们通常比较避讳的器官捐献话题推到读者面前，令人深思。在这个意义上，董永红的小说仿佛是专门为司空见惯的医院打开的一扇小窗，医者仁心，救死扶伤，ICU病室，孱弱的患者，焦虑的家属，凡此种种，使读者能更多地认识到这个平凡而又特殊的领域，从而也能更好地了解我们自己，尤其是我们的身体。

比之上述两位女作家的作品，袁鸣谷的短篇小说集《炎阳下》则更注重故事的奇特性，尤其是在语言、细节和情节等技术把握上，均有自己独到的地方。《墙上的猫》以旁观者的口吻慢慢讲述陈年旧事，"阳光下的恐惧是一种慢性病，在有增无减的过程中持续"，这样感性极强的句子，让小说呈现出某种久违了的光阴的质感，同时，也能感受到作者对语言文字的反复锤炼。《子弹壳》塑造了经常受人欺辱的男孩哑锁的形象，书写童年故事几乎是每个作家的拿手好戏，好在这个压抑悲伤的故事，最终没有完全坠入阴暗，作者让那群经常欺负哑锁为乐的坏孩子良心发现，从而为暗淡的童年岁月留下美好的一瞥。《炎阳下》的光哥曾是一度入狱过的劳改犯，人们对这样的人员或多或少会冷眼相向，无奈之际，光哥巧设骗局，并以自己有所谓的大人物做后盾，竟也蒙混过关将女儿办进了理想的学校就读，在看似荒诞幽默的故事背后，折射出的却是社会百态和人情冷暖。

这套书还辑录了两部散文作品集，即《褐色精灵》和《稻花香里》，作者分别是孙海翔、包作军。喜欢读书又勤于思考的孙海翔，去年刚刚出版了首部短篇小说集《拳手》，乡土、少年、顽劣和先锋，或者可以概括为那部集子的显著特质，它们集中展示了作者在富饶的青铜峡文学创作队伍中与众不同的一面。《褐色精灵》，主要是孙海翔多年来的读书随笔和散文短章，甚至多数是他发表在自己博客上的印记性文字，这些或长或短或轻或重的作品，恰好可以为一个已经取得了不俗成绩的小说作者找到一个可靠而清晰的注脚。散文创作其实并不那么简单，它并非文学创作的某项副业，恰恰相反，它需要作者有更加深厚的语言功底和生活积累，有更加自觉的结构布局和精神提炼，所谓形散而神聚。好在这方面孙海翔已经有了很强的自我意识，也就是说，他正在通过《褐色精灵》这样的散文篇章，不断地做出自己的尝试和探索，只要在路上，一切皆有可能。

包作军可谓是个多面手。多年以来，他既写微型小说、短篇小说，也擅长于散文创作，他往往能在多种体裁中自由穿梭。发表在《朔方》上的短篇佳作《裸泳》，可以视为包作军在小说领域的一次成功突破，故事以一种惊险而有趣的形式，为读者揭示婚姻生活中女性不为人知的情感世界，读罢让人印象深刻、感慨良多。散文集《稻花香里》是作者多年散文创作和实践的结晶，这些作品中最值得称道的，窃以为还是深情描绘黄河祭坛和故乡地三的风土人情的那些篇章。青铜峡的黄河楼、黄河祭坛建成之后，吸引了大批区内外游客驻足观光，而作为散文写作者，包作军几乎是第一时间用他独特的文字记述了故乡的这两大人文景观，从古至今，像黄鹤楼、滕王阁等宏伟建筑，均被文人们一次次地吟诵赞美，包作军也不例外，他的《千年河坛》既写得通透大气，同时也融入了自己的感思和忧虑。

"地三，是我们祖祖辈辈生长的地方；地三，也是粮食的故乡。地三，从最初的包氏三兄弟在此开拓，到张王李赵刘多姓氏杂居并处，从最初一片蛮荒之地，到最终成为在整个宁夏都颇具美誉度的村落，成为宁夏确定的十个特色产业示范村之一，并且正在规划建设目前国内面积最大的叶盛地三国家级农业主题公园，展示了生命的顽强、坚韧和从容。如今的地三，村舍、青烟相映成趣；高树、低柳俯仰生姿；绿草如茵，稻花飘香，瓜棚豆架，鸡犬相闻，安静地枕在大河的怀抱。"这些排比句阵是鲜活的、走心的，既可以看作是作者爱乡之情的真实表达，也可以理解为一种拳拳赤子之心，对于故乡，每个作家都应该肩负一种神圣的使命，即如何在自己笔下进行文学性的表述和颂扬，包作军巧妙地借用了古人"稻花香里说丰年"和"也傍桑阴学种瓜"的诗情画意，为读者展示其故乡地三"开轩面场圃，把酒话桑麻"的安逸与美好。

无独有偶，诗人秦兵也借助于《山水光晕》，以简洁疏朗的话语方式，以饱满而硬朗的诗行，更以边塞诗人的一唱三叹，不知疲倦地抒发着个人的美好情感，描摹着这片沧桑巨变的神奇土地，书写大地就是书写人生，赞颂故乡，就是讴歌人民！

概而言之，此次入选《大河文丛》的六位写作者，他们笔下所展现的这方水土，或侧重风俗民情，或揭示人生际遇，或歌咏生命和自然，六部作品共同为广大读者奏鸣出的旋律，犹如一曲感情充沛的交响乐，清澈激荡，真诚朴实，既传达出一定的时代风貌，又显示了个人的艺术才华，这些作品的出版必将引领青铜峡地区的文学爱好者们潜心创作、再创佳绩。

党的十九大报告振聋发聩地将"文化是一个国家、一个民族的灵魂"向世界宣示出来，一时间让文化自信与文化创新的号角，在九百六十多万平方公里的土地上响彻。作为宁夏的作家，实际上最困难的、也最具挑战性的就是如何能够站在一个文化的制高点上，更加清晰准确地审视和描摹我们所处的这一区域。党的十九大报告用了大量篇幅，为我们梳理了这个复杂多元且瞬息万变的大时代，只有深刻把握了时代的脉搏，作家们才能在创作中更好地表达对国家和民族的责任、对人民大众的真挚情感，才能更好地书写无愧于新时代的华彩篇章。而如何记录一个正在深刻变革的大时代，如何让我们滚烫的文字与当下复杂火热的生活现场相得益彰，正是作家们需要不断体悟和深思的。

不久前刚刚结束的全区第八次文代会上，石泰峰书记语重心长地指出，作家、艺术家要"欢乐着人民的欢乐，忧伤着人民的忧伤"。鉴于此，由青铜峡市委宣传部策划出版的《大河文丛》，就不仅仅是一次文学献礼，它更是为新时代新征程而发起的一次集结和检阅。如果说时代是出卷人，那么广大作家们也可以是灵魂的答卷人，心中有定力，笔下有乾坤，铁肩担道义，妙手著文章，唯如此，我们的文学作品才有可能传得开、留得下。

在本文行将结束时，我谨祝愿青铜峡这片土地上的人们永远安宁祥和，这里的作家们能在未来奉献出更多更好的得意之作。

是为序。

2018年春节于塞上银川

张学东，1972年生，宁夏文坛"新三棵树"之一，国家一级作家。现为宁夏作家协会副主席，《朔方》副主编，宁夏政协委员。个人先后入选"国家百千万人才工程""四个一批人才工程奖""享受宁夏政府特殊津贴专家""塞上文化名家"等。

目　录

《大河文丛》之序/001

第一辑　三月天空

我的早晨/003
清　晨/004
夜　晚/005
三月天空/006
衔泥之燕/007
初夏的风/008
五月的玫瑰/010
端午节/011
夏之蝉/012
白　菊/013
秋　林/014
冬　季/015
冬　至/016
临风开启的莲/017
沼　泽/019
雾/020
半　月/021

止　水/023

回忆的影子/025

戒指披肩/027

踱　步/028

一只麻雀/029

黄昏的一群麻雀/031

一只喜鹊/033

萨克斯/034

吉他声声/035

忧郁的吉他/037

两棵大槐树/039

苹　果/041

第二辑　山水之间

青铜峡/045

一百零八塔/049

小坝汽车站/051

小坝向东/053

独居的日子/055

长江大桥/056

咀嚼新闻的味道/057

江阴要塞/059

韭菜港的夜风/060

费城交响乐团/061

车过日月山/062

刚察一夜/063

塔尔寺/064

一阵风吹来/065

青海湖的石头/067

沙暴中的飞翔/069

西夏城/071

在黑水城/072

额济纳的乌鸦/075

玉　田/077

第三辑　一聚又散

贵妃醉酒/081

思　念/082

在阳光的盒子里/083

苦丁茶/084

最软的部分/085

乌云琪琪格/086

长　笛/088

舞　者/090

打排球/092

来自易水边的父亲/094

把脚伸向地面/097

早　餐/098

生　日/099

一条鳄鱼/101

纪　念/102

一聚又散/103

两个女同学/105

巨大的方阵在舞蹈/107

向前飞/108

学生太平/111

主持人/112

牙　疼/113

讲　台/114

门房日记/115

三号病室/116

说点书法/118

后　记/121

第一辑

三月天空

我的早晨

我的早晨是黎明的尽头
清风向我心底吹来
晨光钻入楼群阴翳的空中

早晨，黄河水清凉地流动
我像汉渠堤上砾石中的古柳
周身嵌着梦幻的花影

夜已细若游丝了，凫过露珠的湖岸
我沿着鸟群缄默的方向
在胸腔的旷野里，燃起失意的烽燧

当这个名叫小坝的小城惊散了钟声
我已走出诡秘寂寥的峡谷
聚起流散的肢体，褪尽狂悖的颜色

三分之一的早晨，我的思绪在远方
这是不平凡的理由，生命像我的课程表
开始和结束已安排到了分秒

清　晨

一切都醒了，像翻出一件新衣
天空无云的丝绸
伸向世界的每一个角落

所见之物，都涂满了颜色
远方帆影的巨大或细碎
吸走了立体主义所有的形状

水岸世家，一个女人等来另一个女人
她们打手机，转身张望
皮靴敲响石板

一只黑猫游魂一样
从她们身边经过，一道闪电
消失于这个清晨

夜　晚

夜的站立的演奏
一个我写下就松散了的时刻
空悬着黑暗凹陷的鳞甲
夜，正在侧身经过

在嘎吱作响的秋天的墙基下
夜游的人，脚步在各处敲响
像梦中的泥浆拍响双手
一百年前摊开的冥币闪着寒光

秋天谢幕，从一个金属的窗口里
为沉睡的人间点亮一盏灯
像哲蚌寺的喇嘛刚添上酥油
幽暗的金盏里，寂静燃烧

2006年11月2日的夜晚
这来临的又一个日子
我为你的改变
像灰烬一样的沉默

三月天空

我的体内旗帜飘飘
我动了一下有职业病的脖子
看见三月宁夏的天空
是那么的碧蓝,这天国的深渊
我想融化在这样的天空里

忽然,在我迷醉的视野里
一抹白而透明的东西
荡漾摇曳在蓝色的海洋里
那是一片白色的塑料袋

它好像获得了生命
已是天空的一部分
水母一样轻盈翕动
这透明的衣衫
竟比我早一步融入了
宁夏三月蓝透的天空里

衔泥之燕

来自梦醒的早晨
晨晖在屋檐涂上暖黄的颜色
黑色的翅翼横扫虚幻与真实的界限

眉黛新绿的时令
燕子钻天俯地的歌唱
使我肋骨上劫数无悔的痛感
与失落清晰的如同
处女地上犁开的沟痕

翻飞的险峻留给天空
凄厉之声,洞穿了我的双眼
我的感动是因为阳光的颤抖
仰视你们,生命相依的杰作
温馨的巢窠,在晚霞
情浓意笃的协奏里

如上古之陶的纯雅
斑驳如金。燕子孤处屋宇
以鳏寡之手开启窗棂
那年年相携而归的春泥之巢
具有生生不息的含义

初夏的风

我从你松香的窗户看今天立夏
节气越来越绿
初夏的风忽然惊醒

我用你的眼睛看见
晨光下丁香细圆的叶片
按着某种寓言枝伸叶举

敲打窗户和内心的夏风
随无霜的阳光渗进来
我手扶初夏如水的琉璃
一些云影像你轻盈的衣袖

我听着乡村音乐
榛树在曲中摆动
歌里的盲女正穿过八月的牧场
你能看到所有草叶、树丛
细碎瑟瑟,从里向外张扬着生机

早晨林中的鸟鸣
已成了四散落地的石子
夏风起伏是你温热的身影
还有最后凝结的辛热的泪滴
在夏风的挟促下
前世一样泛滥在我心中

五月的玫瑰

五月的玫瑰
细叶像复活的陈茶
五月变幻,玫瑰的香气
气泡一样悬在手上

玫瑰花在燃烧
玫瑰的眼睛沿着上帝的纺车
蛛网一样絮絮叨叨
我走进玫瑰之夜、玫瑰的牢狱
玫瑰的钟声,长满了沉默的锈钉

玫瑰蚀刻在枯叶内的偈语
流泪的温馨和烦恼之劫啊
一只可有准备的手
玫瑰之巢,荒城之月

端午节

今天端午节，有大风起兮
风穿过墙来，又穿过墙去
金属的栅栏门
像道具的桥折叠在一起
一边是闹市，一边是安静的校园

几面彩旗被吹成神经的花纸片
被修剪的演员一样的树们
在浩荡不已的浪潮中
拽着欲要飞天的绿麒麟

无缘无故的大风
把人和粽子赶进屋子
把毒虫和温病
埋入青铜峡昏黄的沙尘
五月的野艾还攥在我手
汨罗江就曾这样翻腾着
还卷走了屈大夫
留下他割舍掉的一切

夏之蝉

南窗外，绿油油的林子里
蝉隐起身体，发出声音
我推理不清，它双翅振动的原理
以为那是被酷夏收买了
像什么杯收买了球粉

趴在树上，用牙齿磨砺出
类似于赞歌的曲目
我裸坐在凉席上，通身大汗
听着蝉声屠城，像整齐的军团
压倒所有七月的杂声
谁能奈何

白　菊

白菊无声而来

纠缠着生命的芳香与洁净

水淋淋的阳光下

牵引出冥境幽凉的情丝

沉浸于短暂的痴迷

开启的感觉发生于时光的开头

在宁静的躁动里

你所有思想的诞生

都使物质们惊讶和卑微

秋　林

仿佛珍藏了时光的醪糟
酿造的萧疏与火焰
都是酒一样的沉醉
漫长的夏季，我日日夜夜
不着边际地打理飘摇的绿叶

这天国秋风，萧瑟的林苑啊
我额上雪片飘零，身边夏季败退
我变成一片心安气静的泥土
俯听大地的清凉和旷远
云层中的阳光弯曲
金币一样的叶子覆盖大地

冬 季

走进腊月的枯草显示另一种悲壮
不畏怕呼啸的朔风，涌上贺兰山

坐北朝南的锅炉房里冒着青烟
解说冬季的另一种样子

无声无叶的国槐树网住天空
几千只脚在同一时刻跑动赶来

几只松弛着羽毛的麻雀惊飞而起
划开我怀中灰青色的天穹

冬　至

今天是最冷的一天
从芙蓉园到关家园的市场
我买了一些菜
骑着车子转了一圈
像从冰河里游了回来

有人跪在地上烧着纸钱
萧索的火苗显得有些胆怯
我的手脚好像被冰层包裹
我几乎睁不开眼睛
说不清为了什么
总有一种想哭感觉

临风开启的莲

阵雨急驰的烈马
野风弥漫的鬃尾
莲们洒洒落落地相扶
从天而降

凉爽的风从脉叶间荡过
目光在水面
颤出无数纤细的鳞纹

莲在摇摆,团团玉手锦簇
托着一泓胭红
可是一种真切易失的心境

在一个早晨,因为阳光
莲临风开启
便是一生的等待与欢乐

假以时光流逝

山水气象

莲枯黄忧伤的一面
也仍然是莲的本来面目

不必想莲出于污泥的缘由
莲在摆动
为人间换来吉祥如意

沼 泽

泥泞的幻象，山海之经
遥远的描述，恣意茂盛的汪洋
沼泽像肺一样呼吸的泽国
鸥鸟、鱼蛙成形时的母体
窒息的冰层下苇荡如碳

独自在塞上徘徊
太阳还未升起，气息阴湿
我触摸水天一色的传说
从南门广场，从我的身边
沼泽变得坚硬，石化的故居
太息一般飘过来

雾

我站在窗边，雾在窗外重重涌动
又寂寥而空阔。它们是从地里长出来
还是在空中爆炸？充满了原野
定情的柳树在哪里？幽蓝的刀在哪里
一朵花开拂晓，开在石崖上

半　月

弯曲的贺兰山蛰伏着棘刺
穴居的衣袂半明半暗
塌陷的云梯，春天时钟开裂的种子
结满烟雾。幽蓝的羽毛
在多少个叠压的世纪卧成闪电
戴着乌鸦忧郁的皇冠

一个月形的岛屿
蕨类们在断裂的湖上徘徊
为阴湿倾圮的殿宇
凿刻着魅惑的舞蹈
盈亏荡漾遥远的潮汐
在丝弦上的夜晚，环形的手指
绽血出生。月的长发
倒向泪水泅湿的寓言

带着原野上失散的一万首歌谣
永远来临，山谷低语上升

石头上的流水，针形锈迹的呓语
铁矿漆黑耀眼的刀子划割着天空
一层一层，剥离荒火环形的叶片

狼群的正午，罂粟的歌声
如生与死的苍白，像云在自身中破碎
长夜崩溃，废墟孤立
回流的尘埃下，鸟兽躁动
谁的怀中踊跃着黛青的黎明

止 水

疲惫横卧的尽头升起一片空茫
翠亮的雪松中无声的溪流
轻捷地敲响林莽中涌出的天空

鹇鸟散去,转眼成为往昔
我沉湎于止水,山中如镜的水域
神迷于它稍纵即逝的波动
尝着八面微风,守着针叶颤动

人迹远离的空寂
止水在我眼中伸出幻觉的枝蔓
黎人刺青的手
裹起远旅者初始的积怨

滋养出湖底青青的绿草
红土坡前枯树石化
揣着通向大海的崎岖
不肯在火把节融化

雷火的残骸

浮现于止水的月光中

多像日暮冷却后的青铜

我要再去擦拭那美丽的名字

像洛水的堤岸，嵌紧敏感的水性

蜀竹之海啊，我要平卧于你的掌中

让我的脉息在草叶上摇动

我只凝神于止水之内

每一缕云影

回忆的影子

2010 年 12 月 3 日
我正分蘖成什么植物
体内虚无幽暗的莽原上
几无一丝野性的灵光

折扇中，我看见
我的影子出现在许多影子中
杂沓纷乱的世界埋葬了我
无数的我影影绰绰

我可以四分五裂地活着
被某个我逼出体外
找到冰凉的黑和纯粹的沉默
安魂曲的果实无枝无蔓

在这跌转的影像中
我追忆到生物暴乱的黑洞
我周围亲近的逝者们的记忆

会穿过哪条冥河的指环

那些悠远的影子活着
向这里集聚飞奔
我在影子里苏醒，一碰即碎
无声的呼吸像菊花开始卷曲

我拿着形而下的银碗
聚满鸽子前世的碎片
我的呼吸要停止了
不再坚持，我逃走了

躲开青艳巫神
舌尖上荆棘的舞蹈
离开嵌进我双眼的云山雾水
回忆的影子，火炼的洪荒

玻璃的空谷中，无法预知
我走了，像蛇行的人
各自转了几个圈，兄弟四散奔逃
遁迹山林，如豹的单纯

戒指披肩

在欧美富豪的沙龙里
一种奇异的披肩
在人们惊讶的叫声里
从女人的戒指中穿过、滑落

而在可可西里冰雪的荒野上
颤抖的小羚羊
正吸吮着被剥了皮的母乳

盗猎者要杀死七八只藏羚羊
剥了它们的皮,取它们的绒
才能手工做出
这种能穿过戒指
柔滑无比的高贵披肩

踱　步

我在空空的院里踱步
夜里的秋雨润物无声
连水泥砖块的地面都松软了
我背过手去，一下子就老了

四面是围起的楼群
我像怀揣理想的地下工作者
圃中的野菊和玫瑰
一簇一簇纠结在一起
新鲜得近于梦幻
它们凝神屏息地绽放
仿佛瞬间炸裂，又凝固了千年

花朵的生涯，一片片的幸福
我忽然听见一声蝉的鸣叫
不知是哪一年埋起的歌声
使我清晰地想起一个人
一个无法想起的女人
这些都没有一点预兆
她白皙的鼻翼
发出咝咝如蛇的翕动

一只麻雀

青棕的槐树上
两片蓝色的塑料片
不停地抖动着

一只麻雀落在横过天空电线上
它像这个小城的主人
嘴像槐树枝上的刺

我出现在一个面西的古旧窗里
我不走,麻雀也不走
这是一千年前的情节

麻雀对我说了什么
我答应了什么
我的皮肤感觉到羽毛中
藏着久远的温暖

我闻到一缕烤玉米的清香

那转瞬即逝的灵魂一般
水的无形的花朵

在麻雀嫩细的指爪下
是那个博大的存在吗
是我等待召唤的时刻吗

黄昏的一群麻雀

黄昏，我看见一群麻雀
在我回家的老路上
在冻如铁板的水泥地上
同时跳跃

一大群机灵的棕灰的绒团
一大群跳跃又张望的生命
我惊喜而恍惚
这些虚幻的精灵

我不让它们害怕
我拿出人类最和善的脸
我已够着了它们细密惊异的目光
可它们忽的一下离开地面
网一样地撒向光秃秃的树上

羽毛吸满了暖黄的阳光
多年来我没有见过这样的景致了

寒冬的树枝上长出了棕灰的树叶
每一片叶上都闪着明亮的眼睛

麻雀们清风一样浮来飞去
让我的心情好了一些
这些翅羽的家族
生活在人类的夹缝里
用纤弱的爪扣紧槐树空寂的枝干
在黄昏里闪着精灵的光泽

这些年它们都到哪里去了
是那些灾难中天上的灵魂吗
它们怎样活到了今天
让我惊喜而哀伤

一只喜鹊

一只喜鹊鸣叫在早晨的天空
它抓住高楼上的天线塔叫声清脆
走了很远还能听见它喳喳的叫声

曾记得它飞扑小鸡时的强悍
站在褐黄色地上,展开花翅膀
使我惊诧,使我怀疑它报道喜讯的真实

后来似乎没见过它的飞翔了
这又是哪一只喜鹊,会在空旷的早晨
把一个中年人叫得恍惚起来

它大概越过了新的世纪
在一个早晨独自俯瞰我们的生活
并且想要长出牙齿

萨克斯

我退后千山万水
只等待着某种声音
谁已像晨雾
缭绕在我金属的树身

面对沉默的乐器
我不断的疑问无声无息
背对着萨克斯
谁被压缩成薄刃的花香

像萨克斯一样真实的男人
放牧着羊群
放牧着嘶哑、魅惑
荣了又枯的原野

吉他声声

吉他声声,弦上的花朵
金钗银环,流水冻结白玉的相思
弦上晶莹的湖水把清晨与黄昏
琢磨得翅羽斑斓
如梦的星夜大雪纷飞

弦上异国的十指
拨弄飘逝的时光
从栎树林里昏暗的阁楼
月华一样渗出

爱的罗曼斯两鬓已白
点点雨水是你的微咸
尖锐地进入我的全身
让我无助而忧伤

弦上的眼泪琥珀闪亮
谁唤出林仙的女人

我接近着你，我接近着我
我因你而融化
谁能分清你我的皮肤和头发

新月远渡重洋，今夕何夕
我魂不守舍，深蓝的湖水
夜一样升起。贺兰山下的废墟
守着料峭的寒星

忧郁的吉他

忧郁的吉他，无声的吉他
在凡世，依旧是春天的曲线
却深藏着凋谢的音符
两手可握的云杉
不会在无缘中惊醒

金色的吉他，等待的吉他
收起幸福和衰败的风铃
爱情的弹拨很快消失
从此十年不语
动人的心声只在记忆中回眸

静默的吉他，倾听的吉他
没有激情的注视
就处在饥渴中，最倾心的曲调
常会无意中开口
尘埃变成指上的鬓霜

山水光景

遥远的吉他，封尘的吉他
吉他手在流浪，指骨噼啪
敲响节拍，主人出走的声音
不是撞着自己疼处
就是过于陌生

两棵大槐树

汉延渠以东是新建的小坝
蘑菇滩的旧名无人提起
滩上雨后新鲜的蘑菇已是想象

我在小坝来来往往
仿佛纤细飘忽的珠线
绕着由南向北的四季之渠

老水电局门前的两棵大槐树
把这片大地悬提起来
在它们巨大的骨架下风流云散
我像鱼,像鸟,像梦
像所有想起的生物

它们的树皮是凝固的泥土波涛
从地下卷向空中,占满了所有方向
太阳升起,它们是金泥盘曲的殿宇
与每一件微小的事物遥遥相望

两棵古老苍绿的消息树
是塞外之地可以仰视的森林
它们许多的同伴早已不见了
大楼越来越高,它们越来越矮
脚下还围着隔离的铁栅栏

可它们像我心里重生的结节
不断生长出新绿的想象
我常常远远地看,近近地闻
感到它们与周围水系之间神秘的气脉
我就像一只怀揣家园疲于奔命的信鸽
看见风水充盈、染绿云朵的祖屋

苹　果

在苹果的氛围中
在天国羽毛的丛林里
我的目光返老还童
每次我都有差异，在苹果树下
我的残缺会完好起来

苹果是饱满的事物
在宁静中呼吸
是天造的礼物
在细密的光芒与粗粝的风中
露珠跌落于苹果的花房
一个男孩爬过棘刺的墙头
把手伸向苹果
一股魅惑的光芒

蛇行的手又伸向空中
苹果是我裸露在梦境里的心脏
苹果林是一片神秘的放逐所在

苹果们各自垂悬相依
围拢与丰硕，红绿森森
遮蔽了我的天空

我一生吃过多少苹果
吸取它的汁水
又吞下珠圆玉润的幻觉
痴迷于曲线与颜色
和那肉感异端似的启示
此刻，我像被扔在草丛里的核
从一个浑浊的黎明开始回忆

因为苹果，我的生活多么奢侈
与苹果的交往，是我同自然界
最精细与隐喻的接触
可我这样一个意念纷繁的人
常会沉淀酸与涩的命运

第二辑

山水之间

青铜峡

自始即来的沉寂
埋没了天空下的河流
埋没了水质的如火如烟的无嘴生物
我走在峡谷变硬的风声闪烁的午后
天空与水盘旋，在时间之外
雷电的花园流失了姓名青灰的羽毛

刺藜面具下，火焰移动的叶簇
是峡口波涌而下石质的寓言
晃动，闭合，沉寂之渊，不安之乳
飞鹰是日蚀之脸的斑点
是无数黑夜失血的滴水之影
散若星雨分离的耳骨外
盲目的蜂巢苦于诺言的双翅
在时间的丛林雕刻颤抖的寂静

青铜峡，你举起长风
由上及下，由火及水

曲卷飞旋在青铜铭铸的莽野之都
你在极度的静默中，吸收岩层阴湿的泡沫
月色的温柔由水捏揉成水
由水的指骨握成蛇形的丝弦

从神居之处引来四季途中的姓氏
在隔离对峙的幻象中
天空是岩石，岩石也是天空
岩石是呼吸，呼吸是天空澎湃的秩序
黄河金泥如虹的肢体，巨大天象的坠落
挟裹着万千鳞羽扑落的月光

青铜的气息，青铜飞翔的血液之峰
石隧中飘着潮湿多梦的尖叫
千年风化的石头从洪荒之树而来
补着沧桑之恋的帆，闪耀兽类双眼的水晶
与河水一起涌过星云下的平原

我从每一个季节进入峡口
犹如崖壁嵌入河水的无形之骨
阳光的森林中，狂暴的沙砾之雨
那悬浮的金子是你水下舞蹈的寂寥
那破碎的王朝，刺藜之冠的陵寝
惊醒在大海咆哮的皮肤下
你裸着乳房的深渊几无鸟痕

一只死在黄昏的大雁总不沉没

一丝水纹感到细微的神的气息

光阴的左手和右手握着游牧的火把

建起连接生死的标记之塔

冰与血的缠绕,像失群的羊

在山崖寻找神的足迹

拨开水的秘密,岩石的文字

高擎着轮回无影的裂隙

自西向东的亘古河流

翻越青铜峡峻拔的无边风景

两岸相隔,生死相远

阳光在飞鹰掠过大河的翅膀之影下

埋葬珠贝醒世的箴言

魔幻之穴黑暗,纹丝不动

黄河温凉的腹部,苍白浩渺

秋草横过贺兰山脉黑蓝的头骨

旷野的根系,野枣树晶状的芳香

瞬间,灰烬,狭长的黎明

没有什么不在生长,没有什么不在缩小

丰美金黄的水域,伤口隐没的岩石之海

无数次地带来桃花失神的歌声

健忘的泥浆叙述着梵音的美妙

春与夏的针形之光,峡谷上升

山水光华

万千水鸟的瀑布织入岩壁之庙
开启云雾的前额,狂奔的谕示
浑脱说话,在白马之邦
托住呓语遥远的蓝色之城
在牛首山,岩石像思想一样漫无边际
虚幻之鸟衔来火焰如血的潮汐

岩石的无色之唇摇曳沉睡的花茎
青铜之峡悬于西天之峰
是空阔无眠、逆风而舞的平原之母
在高原之夜,荒漠的宫苑
在银川平原,大河神性的气息如幻如魔
消耗着我泪水与星子的梦境

下游是人间四月的灯火
向上是相互攀援的堤坝
青铜峡是一枝上古的闪电的麦子
是麦穗间青铜的渊薮
是种植在星际的浑浊的河流
我是无形之船洒落的幻想的种子
在山峦这边,撑着雪花传说的灯盏
鲜花一样开放的鸟群,在冰雪之下
埋藏着被时间泅湿的幻觉之岛

一百零八塔

一百零八个白色的砖塔依山傍水
扎下石头的种子，睁开望穿秋水的眼睛
在古老的黄河，在青铜峡西岸
在裸露漠野的塞外，在时光精细的祭坛上
这个相伴潮汐守望太阳的部落
是吉祥的圣物，是震慑灾难的法体

伴着这片土地，伴着青铜峡
嶙峋的峰群一寸寸生长出来
泥土铸就钵体，敬畏镀亮祈望
坐此千百年，季节只有一种心跳
大河握有万束预言
镌刻在塔身斑驳祈愿的曲线
注满了先民对人生安宁的向往
对天地恩泽的礼拜

多少浪花涌起又沉落的日夜
在夕阳中成为荒火，成为午夜里

跌落的星陨，袒露着塞上峥嵘的祭仪
一百零八个精灵的记忆摸索着黎明
沧海桑田，一条飞架两岸的电缆
划开了时代的界限

一百零八道瑞光沿着黄河的方向
染过几重红霞，启开所有灌溉的河道
进入人们跳动的心脏
把一百零八个神祇的白塔
还原为纯粹的风景

小坝汽车站

小坝汽车站空旷干净
每平方米拥有世上最佳的自在
它的脚下曾是一片绿色的麦地
麦地四周还有麦地
再望向远方，我看到的就是
沙漠和荒野了。我常觉得
茫茫漠野上就这么一块绿地
叫小坝，叫银川，叫宁夏

现在汽车驶入 109 国道
车站像一个小港湾
可以驶向梦的远方
这个冬天大雪始终不化
是二十多年来最冷的冬天
背阴的地方，雪静静地
覆盖着每一片睁着眼睛的地方

小坝汽车站把白色的雪

山水光掣

运到遥远的地方，积雪洁净
白茫茫的雪国之外
露出冬天铁硬的地面
像红衣喇嘛们卷起巨大的地毯
露出三月阳光下的山坡

而我路过银川南门车站
广场道路上的白雪被踏成泥浆
像风尘中的男女
救赎不清命定的债务

小坝向东

小坝向东很快就过了汉渠桥
看见空旷的田野
城外四处建筑着楼房
卡车拖起黄尘进入东扩

黄河金岸,安静辽阔
霸气的名字盖住了过去的名字
让人不由得指点江山
四月的阳光直铺在地面上
新的柏油路,横贯柔软的黄土地
这使我的心情高兴而复杂
我踢着脚下的卵石,嗅着微醺的黄土
空旷洁净,就生出天上人间的感慨

我摸一摸嫩黄的无名的花朵
已记不得野花的名字
抱一抱水电局门前最老的大槐树
孤单的古槐,粗糙开裂的树皮

呈现着神性的温暖
木质高贵的龙鳞里
蕴满四季的阳光和生命的记忆

我真想就这样一直走下去
脚下有路而原野无边
走在汉渠边陈年的枯草上
家园的感觉直涌心上

小坝街的景致有人描绘
小坝人都知道世纪的变迁
人们学习着新的生活
而我总记得小坝裸着的样子
黄昏时呼唤我风中的乳名

独居的日子

独居的日子过了长江
在别样的方言里另起炉灶
脱开经济模式,拿人神经的过去
从一大群人集体的意识中退出

与亲情故交,保持间离效果
打开扬州炎热的章节
有小桥下的流水
我还听见了阿娇的歌谣

我在几幅画中穿梭或当值
过去作画少用的冷艳的色彩
也偶然渗入金陵的剧情
在自然生态中,许多我
模糊的本质,正新鲜地
在江风吹拂的脑门上凸显

在江中,我是鱼,不是梦
我的修行贴近现实主义的剑光
澄清疑虑,自称老道
仍有可探险的航路
仍有兴趣推敲世界与自身

长江大桥

在华东最宽阔的地方
从一座大桥的名字上驰过
南京长江大桥是我以前
知道的最大的桥

贴着陆地,凭空飞跃
我渡过一片苍茫,两岸隐约
生命与现实相遇

因强大的名字和幼年的相识
才有这相见的虚幻吧
从这坚固的钢梁上

从大江白隙一瞬的空间走过
自己就这样匆匆走着
一个无愧的人生

我感动着,惊悚着
车轮代替了双脚
在对现实与梦幻的敲击中

第二辑　山水之间

咀嚼新闻的味道

重复的黄昏 离家
很远的家里
咀嚼晚餐
和新闻的味道

街对面卡拉 OK 大世界
响彻了诠释迷狂的霓虹
我看到一只
华彩潋滟的金蝴蝶
在时间涣散的瑰丽中

进进出出　身条妩媚
消费着盛世的宣言
而闪电般的好笑与败坏
急射而至　蝶自爆了
那下载的双翅斑斓的废墟
这真是扫兴

山水花季

我去年的青春
是本区的名酒
是十八里红高粱
红透的记忆
只为英雄出没的
年代感动

想起信仰　曾被蒙昧的舞台
那些典藏剧情
在晚餐前
谐虐随性地跳出几句

我知道
要想幸福起来　非得
亲手剥去自己一层皮不可

江阴要塞

英雄与美人怎能隔水相望
让我臆想出那殷红的桥梁
通途的边缘云雀缭绕

既成为要塞
就是在绝望处垒起高墙
江水冲刷出历史的怯懦
时间弥合着征伐的往事

西起九江，东至江阴
和平需要用心珍惜
我轻易地过江到韭菜港
走上古已有之的临江炮台

东临江阴，以观长江
水何澹澹，漫江浩茫
深以为最要命的隘口
是这一江喁喁无际的洪波

韭菜港的夜风

所有的撞击都是风的欲望
夜晚呼啸的缝隙,骨牌仍可叮咚

在韭菜港的方向,渡轮鸣叫着
临江要塞凸起在江岸
夜风凌乱的旅程,波涛撞起又破碎
相聚变为离散
不然近代的历史如何凝固

塞外的青麦,在长江以南变黄
在这里,江水与风的堪舆学
仍和北方一样

费城交响乐团

已经 110 岁的费城交响乐团
在上海世博会演出
演奏家围坐在一起
手里的乐器闪着亮光
演奏着颤动的乐曲
像抱着新生的孩子
第一首曲子是我心里的中国民歌
热血流淌的感觉

我抱着血流的感觉,多么哀伤
去年的冬天隔着海洋
我们一起倒在地上
我什么都想过了
就是没有想到你的死亡

那里成了我永久的伤心之地
那里留不住你
你还是回到我心里无边荒野上
那微澜的虚空里

车过日月山

车过日月山,风挤着风
高原升起,草地被牧人
踩出一条悠长的丝带
过往的人永远亲切而稀少

风中白色的牦牛
是一万年前的样子
伸向天际的草原是我的梦
已过了山梁的文成公主想些什么
我不知道,她的幸福
是随风而落还是随风而起

日月山,被风之神束着双乳
经幡飘荡,扬起高原的羽毛
藏地旗帜的衣衫上留下风的齿痕
日月之山紧紧挨在一起
是风吹草低见牛羊开始的地方

刚察一夜

夜晚很冷,这是六月的刚察
我徘徊在荒寂的高原
在小小的火车站,等待东去的火车

等待与离别没有什么感觉
几盏低处的灯光如在大海的深处
航灯一般显示这里真切的黑

草原正涌入天际
我分不清方向,只是觉得自己站在
比梦还要真实的离天际最近的地方

是一束移动的草或野花
是一块微微凸起的砾石
其实我已不知自己是谁了

抬起头时,我看到
星河闪烁,无数闪烁的星星
正像河流一样落向我的怀中

塔尔寺

我在六月去看塔尔寺
塔尔寺驻足在斜坡上
弯曲的山坡向上延伸
高洁的心灵寄托在菩提树的山中

拐了一弯又一弯,一寺连着一寺
我记不清进了多少庙门
厚重的门槛,被鞋磨得凹陷了
门前的石地被长头磨得低而光滑

我一直记得山坡上,十几个白塔
神龛里的佛像,永远温和
树上挂着时光留下的哈达
诵经声不断,酥油灯不熄

一阵风吹来

我从断墙风化的古堡中醒来
天上没有声音也没有飞鹰
我手扶青草,穿过雪峰的白昼

残垣断壁隐在草丛之中
湛蓝低垂的六月,雪山下
一群蚂蚁正在翻越第七座高峰

洁白的牛骨头在血液结冰以后
在重又发芽的呓语中
双眼溢出轮回的月影

我走过哈尔盖,走过草地
雪水之上翩然而来的喇嘛
抖开遮天的袈裟

紫红的云团消散在群山之后
青海湖在天边飞翔

亘古耀眼的蓝光传来天宇的震颤

很多附着梦幻的玛尼石
在挨近星座的路旁聚拢成心
脉叶上刻着世上最清澈的箴言

青海湖的石头

青海湖依偎着星光的石头
一半沉沙，一半显海
二十多年前，我把自己当做一块石头
留在浩瀚的天堂、青青的海里
我深渊的梦中，涌着幽远缥缈的潮汐

现在，我弯腰抱起湖中冰铁的熔岩
我感到湖水巨大的吸力
高天摇撼着大地，双腿在泥沙中下沉
转世的石啊，我要把你抱回家
这是命里的完好还是更大的残缺

我看不见石头身后的鱼
鱼的身上刻着云翳，我握着松石
胸中升腾着滚热的血液
我让天边低飞的鹰阅读它们身上
遥迢起伏亘古的荒野
倾听藏族的玛尼之歌

石头被湖水洗白了相思
它们眼里细密沉匿的雪山苍茫

跳动的心脏安放在游荡的帐房
像晾干的奶酪，峭拔的内里
是亿万年凝固的星云
幽暗的金盏外，飘着空寂的梵声

又一个八月的刚察
我已听不到当年那个藏族汉子
苍凉的歌唱。歌声淹没了时间
雨雾中如注的泪眼
我穿过溪流旁炊烟摇动的人家
咿呀而语、身着长裙的妇人
眼底映藏着高贵寂静的湖水
我滑向湖心，像一抹云的倒影

我敬畏而恍惚，像在天庭之极
地心之上，身如沙器
临近柔腻的崩塌。海子里的石头
像被圣乐笼罩的灵异
是火焰之陨无边的想象
我千里迢迢追寻的故园
湖水升起，那颗石头是我的侠骨

纯净之水是石头无尽的自由
我抚摸石头，懒散如云的银质的绿荫
一只鸥鸟跃出湖面
天空垂落的草原上
石头活在前世的梦中
我捡回了我的骨头、我的死亡

沙暴中的飞翔

让我们飞越沙暴
让我用血描述楼兰
让我们像盘旋的羽毛
在昏黄的亢奋中永不坠落
千年的枯木多么洁净
风暴欢腾的黑夜，恋爱之火
像贺兰山峰在燃烧

时间大面积陷落
罗布泊重又开始迁徙
风沙就会把我们淹没
只是留下记忆做成的独木之舟
我们进入沙暴奔驰的丛林
我的背紧贴着你的胸
我们飞翔，融入沙暴狂怒的歌声

让我负载起你心碎的宁静
让我将要消失的目光

透过那昂扬的发隙
携你走近星子的身边

可我们就要分离
两个生命飞举着一双翅膀
我们宿命的航行
拥有最凄凉的隐痛
混沌横起在漠野上
沙暴的镌刻陌生而美丽
谁带着寂灭与血水降生
如一块暗红的胎记在我的额头

西夏城

听到黑水城这个名字
我能马上嗅到铁器与皮革的气味
我曾沉迷于西夏人的美酒
和裹在袍袖间羌人的刀

早知道他们消失得这样干净
我会在这城基下插入
我的利刃，还有贴身的腰牌
我用新文书写的地契

眼前的城邑使我身心黯淡
他们在金木铜铁的肢体上
涂上花花绿绿的漆物
隔断了迢遥的西夏路

其实，西夏一脉的精气
只在脚下的残墙断垣中
在风沙遮住天空的任何一个时刻
会听到党项人空旷辽远处的声音

在黑水城

在黑水城,时间没有刻度
像光滑无缝的披肩
这并无实体的城
沙子像盐一样铺开

弱水在远方振响,河谷开阔
风神的亿万只乌鸦
只用一张喙,就把黑水城
啄成现在这个样子

我们十二人来自兴庆府
寻着八百里古道,腰挂西夏弯刀
有人指给我们进城的路径
就策马消失了
城里藏着他的财宝和新娘

我戴上星光的面具
被胡杨的白骨带进这失落的城邦

苍天设下的招魂的剧场
我给大家照相，沙子里的符咒挠着脚心
哪一朝的枯井里阴冷如夜的指爪
从残垣下的阴影里攀援上来
仿佛又要沉没倾斜的黑水城

这空无的千年城垣
已让我魔怔起来
王的眼神是大漠孤城狐类的眼神
是春天里一只燕子的眼神
我看到几个女人的身影
在她身上不时地闪现
变幻出我爱过的女人

这西夏的遗迹要被自己消磨完了
那苍茫的暮色里，风的鞭子抽打着
废弃的寺院。神鬼们正出没于
那些长过葡萄藤的黑孔洞
我蹲下来，抠出岁月洗净的碎瓦石块
这里的秘密是我心底的秘密

黄土暖暖的残垣，党项巨大的院落
我心中升起幸福的荒城之月
黑水城腹中十月的花园
舞蹈着喑哑的金合欢

大地的阴影缓慢而又澎湃
已没到西夏王的腰际

沙海和大海一样,伫望异乡
我们走出朝向北方的足形门洞
走向日日夜夜通向茫茫无际的沙海
像一面永远朝向自己的镜子
我们从镜中来,又到镜中去

我在黑水城埋下了
胡杨一万年的期约
我把一切发生的事物
都连缀成佛国的因缘
我的身体开始变轻
我把谁的青春擦得铿亮

额济纳的乌鸦

在额济纳,我见过一只乌鸦
在乌兰布和,又见过一只乌鸦
我们十二人在无际的荒野上奔跑
乌鸦一会儿出现在左,一会儿在右
一会儿飞翔天边,一会儿无影无踪

乌鸦的指爪扣在霜染的沙砾上
眼睛投来针刺般的尖利
它突兀,先知先觉
魔幻般地出现在任意一个地方

所有的事物都像是外来的
只有它才是这弱水流沙的主人
它是高傲的黑夜的火焰
烙印一样嵌在它沧桑的领地
它是漆黑炼成的一抹白光
为一种夙愿生活着

这里是蒙古野马的额济纳
是天上人间，黑水河日夜流淌
乌鸦听着一块石头的安魂曲入睡
黎明的山坡上，它神一样瞭望
脚下踩着星际的光辉
它有上帝梳理过的羽毛
是一个流浪的国王

乌鸦是民谣血脉中一粒黑色药丸
它的衣羽一尘不染
像狮子一样行走或者思想
它尖利的喙不食人间烟火
无视四季的跋涉和情欲的荆棘
血液里有女巫自焚过的痕迹

黑云一样遮蔽天空的乌鸦
填充在天地之间的黑色风暴
此刻，狂躁的翅膀去了哪里
它们万千的死亡汇聚成一点
这漆黑的无始无终的另一个太阳
一只精灵般的乌鸦，一只黑色的神鸟
从蒙古浩荡的荒漠飞向远方

玉　田

我见到两只乌鸦
大概快到宁夏的边界了
地图上没有这个地方
路边有几间平顶的房子
主人拥有此地最大的庭院
几辆运输的卡车在这里歇息

戈壁滩平坦而坚实
随手能捡到舍利一样柔腻的石头
两根角铁焊接在一起
像两臂高高地竖立在空中
上面红色大牌子上
写着玉田二字

我不知道这是人名还是地名
上面落着一只乌鸦
地上走着一只乌鸦
这是两只凡俗生活中的乌鸦

一个守望着天空
一个踱步在地上

还有一只乌鸦像神一样
住在我不知道的地方
无影无踪而又惊心动魄
逡巡在天地交汇之处

乌鸦死过一万次又活过一万次
魔幻般地出现在任意一个地方
毁灭重生的记忆
在双眼漆黑的烈焰中凝息
但它啄过的荒野立刻醒来

第三辑

一聚又散

贵妃醉酒

曲径回转,我就迷失了路
月华如霜,返天庭,谁与同行
眼泪就流了出来

冰轮初转,我丢了什么
我在这里空无一人
谁的身影凌乱,谁的心绪不宁
我像石头一样沉,又像蝴蝶一样轻飘

月华清凉从脸颊滑下
就像远处传来的乐声
忧喜而缥缈,我吓自己一跳
我要飞过未央,翅膀就会打开

思　念

从分别开始的思念魂不守舍
从忧伤开始的思念支离破碎
思念让高亢的民谣，唱得离群索居
把青色的苹果烤得紫红
从开花到结果，两条小溪水到渠成
时光不在熬人，相似的收获
清一色的幸福，从流血到结疤

在阳光的盒子里

白色的窗帘之后，那丝质的天空

芙蓉园的窗户镶嵌在空中

十二月的阳光被裹起来

这空中的大盒子，躲过时间冰冷的刺

就这样坐着一日宛如一生

苦丁茶

节日般的花与叶倾向一边
一枝被摘下来的苦丁叶
变成水里的另一种灿烂
一遍一遍开水漂洗
也洗不清苦丁茶的苦

这是五指山上采摘的苦丁叶
像苦涩的记忆,无法从心中祛除
茶被开水煮出大海的青绿
一枝独秀,这样的生涯
一半是海水一半是火焰

最软的部分

缘于春天的冰雪
融化了土地表面的坚硬
曲折的往事,阳光一般
掠过你又滑向我
万千沟壑又能有多远
千顷洋流又有多深
在我的意念里化成雨的消息
化成青瓦上湿热的眼泪

我是褴褛游荡的石头
托起爱情的忧伤
依赖着饥饿的谷子
黄昏藏匿田野的繁华
包裹着黑夜的灿烂
你是我内里最软的部分
全部的瞬间与恒久

乌云琪琪格

你从夜的树丛中出来
拆散的舞步,恍惚
如幼鹿或者林妖
是没有改变的你
我们瞬间会合在一起
人间的沧桑又能怎样
花不是花,夜却是夜

笑语浮过,裙裾摆动
溪水流在半空,声音沙沙作响
在一个很大的房子里
浓密的长发,波斯的云朵
一张丝路花语中的脸
和一丝塞外野草的余音

乌云琪琪格灿烂地旋转
无数的眼睛拼凑出夜晚
谁也看不出我是最深的那一部分

你举着幻觉中蒙古人的银杯
腿旋转出一片寂静
你把青春的花瓣撒满天空

在一架会唱歌的钢琴上
你的十指放声歌唱
倾听着心弦的潮涌
你看见海盗的旗帜
在一个小镇上空翻卷
你梦连着那个时代的梦
在塞上雪原,在香榭丽舍大道上
你颀长的身影,鲜花和宁静

长 笛

在一个又一个傍晚,不喝酒了
我们的五官沉迷而灵敏
你坐在我的新居

在峡口黄河东岸
孤岛一样的文化站里
你俯向沉睡的长笛
当我的眼睛注满了夜色时
我听到了最柔曼的乐曲

长笛,秋夜里蛇行的月影
一种无法描述的形状与忧伤
河流般泛着粼光
我的生命在自我分离
与又一个生命在飘零中相融
心底里水与火的山谷
缭绕在一种沉郁魅惑的咒语里

第三辑 一聚又散

长笛银子般的声音
在夜色中无影无踪,缥缈婉转
一种比你自身还要真实的东西
从空空的体内源源掠过
这被魔法雕刻过的银杖
封起了多少干涸的水域

舞 者

细雨明翠斑斓
舞者开出花的样子
像朱雀上升的屏
插满午后的天空
蛇一样的舞者
闻歌而生的舞者

对着上帝那梦幻之镜
舞者扶乩而生
骨头和经脉溅起绿光
春天的祭祀之咒
舞者吐出蒹葭纤细的枝蔓
像发芽的指甲妖娆盘旋
舞者读出梦的形状
端出血的酒浆

舞者把自己拆得七零八落
丝绸滑过的手指

托举着饥渴旋转的人生
山水云涯你是谁
孤舟行旅你是谁
对着时间迷乱的丛林
祭坛上轮回的肉身
霓裳一团，生命一团

转世的舞者
抓住白色竖起的晨衣
模仿着飞天的睡眠之树
这凡间救赎的舞者啊
吞噬着体内的珊瑚
放逐不羁的游灵

打排球

楼下有人在打球
我在楼上,在他们看不到的地方
地面上的男女们摆开阵势
白色的排球被他们打来打去

我不由得想到某个年代
也是桃红柳绿的意境
曾在我这个位置
小姐从彩楼上抛出绣球
命中如意郎君,热烈而古典

眼下的皮球有些虚头滑脑
女的打去发出尖啸
男的出手有些叵测
男女们打来打去
数字反弹着信息

瞬间发力的心思

矫情地进入轨道
顾不上迟疑的停靠点
只有小心接球的人知道轻重
但有一个家伙常常直接地
把球打向女人的胸前

来自易水边的父亲

母亲用双手和记忆
整理父亲的遗物
念叨着逝去的往事
摩挲着他崎岖的一生
那老旧的皮箱磨砺出男人的质地
我心底里灼热而空旷

那些军功章上
刻着多难的土地和飞翔的鸽子
那年在宣化军营
黑夜的号角声里
父亲消失在暴雨闪电中的身影
在我心底里生根
他从强健到衰弱的历程
早已植入我的生命

他独自走出易水边的村庄
那也是荆轲高歌的地方

在战争中，走遍了半个中国
他参军时还是个少年
就与日本人打了一仗
打太原时，许多急行军的弟兄们
都累极了，抓住前面战友的衣服
一边行走一边睡觉
用棺材装了炸药才攻进城里
在宿营的小村子里
饥渴的士兵喝光了老乡的一缸醋

入朝时，他们用坑道战
对抗美军的炸弹
他的搭档——新婚的指导员
被凝固汽油弹烧死
他干通讯，与人民军联络
学了不少朝鲜语

坐着闷罐车回国后，结婚生子
上了张家口高级通讯学校
我生在张家口的 251 部队医院
我们都长在宣化市部队的大院里
某某导演作家也是大院的孩子

我总想父亲转业来宁
大概和他们部队解放宁夏有关

他说那时宁夏老乡还不知道吃鱼
刚来青铜峡,他当邮电局长
以后又当过几个单位的领导

父亲爱干净,黑布鞋都让他洗白了
他也胆大,有一次下乡蹲点
大队部的一间房子刚死了人,他敢住
"文革"时,他一个人守在局里
后来看见他的交代材料
好大的一摞,是个写家

谈论生死,他笑而不答
我不能抚平一个军人的倔强
也无法接近他无视死亡的空寂的目光
他带着塞北的寒风无声息地故去
我知道他是要回家
也能感到他的骄傲与孤单

把脚伸向地面

在夜里把脚伸向地面
脚掌踩着楼板,楼房接着大地
地气接着生命的源泉
我闭着幻觉中的眼睛
想起许多父亲的故事

过两天又是清明节了
这些天夜晚的某个时刻
父亲会从一个缥缈的地方
给我一些难猜的情节

他坐在一辆奇怪的车上
我总是追不上
那些隐约而至的预兆
还有掠过的人生真相
像遥远的星星发着微光

早　餐

我吃着李怡准备的早餐
她是教师，一直当班主任
天不亮就要上班去

黑色的芝麻糊，金黄的面包
粉红的火腿肠，一个剥了皮的鸡蛋
还有腌制的小黄瓜

我依次吃着五颜六色的食物
心情有些复杂，有些愧疚
谁能吃上这样的早餐

屋里尚暗，世纪商厦的顶部
像饼干一样叠起来的高塔
镶上了闪烁的金边

神正从那里经过
教我趺坐如贺兰之山的松柏
一股清泉苏醒在骨头的寓言里

我等待着内里的一种燃烧
一如二十年前的某一天
我的腿像风车一样飞动

生　日

我忽然记住了这个日子
这是我第一次为你过生日
准备的过程已经模糊
我关掉了所有的灯
要带给你意外的惊喜

在脚步的移动中
我接近着你的出生
我做着这些事
犹如捧着颤动的心
有一种深深的感动
一种对生命的敬畏
充满在我的全身

我们同在古典的画中
夜色宁静，暖红的色调围拢着
融化了祝福的歌声
一抹人初的微笑

在你周身荡漾

我们为你吹去岁月的尘埃
女儿欢跳在左右
我要记着你的生日
记住我们三人再次的新生

一条鳄鱼

临近元旦,雪花飘飘
学生送我一件礼物
一条系着红带子、满身银鳞的鳄鱼
它没有一点黏腥的野性
只有硬利的鳞刺

我迎着漫天的大雪回家
抱着又进了盒子的鳄鱼
我一趔趄,鳄鱼就咚咚地响
走在蜂巢般狂乱的人生时态中

鳄鱼仿佛吃了我的心脏
它肚里存留着我剩余的青春
我的脚步飘忽,我对自己说
一年过去了,大雪一过就过去了

我兴奋地晃来晃去
从这个塞上小城的中心向家赶路
我怀揣着一条鳄鱼谁也不知道
还要吓一吓妻子和女儿

纪　念

先扫高低左右的墙角
楼梯里墙上的蛛网和尘絮
再扫楼梯，从楼上一直扫到单元门外
再往前一些，前边的路还很长
两腿有些打战
我把每个角落都打扫干净了

单元里上班的人不断下楼来
笑着说扫地呀，我说闲着哪
可他们不知道，我是在纪念
刚离去不久的老顾
他帮老伴做事，算是半个清洁工

现在，他只有影子会在院里出现
微风拂来，他的遗孀
坐在远处的石凳上发呆

一聚又散

2007 年的第一场雪
我从窗里看到
穿裤子的云在天上行走
几个人的影像如雁滑过
之后我收到了照片、通讯录
像地下的一种串联
红武、海峰、彦文、卫兵等等
他们带头寻找失散的兄弟姐妹

在小坝这个奇特的地方
大家三十年一聚又一散
我因为一个诺言留在其中
我细心看着光盘
人生浩荡多舛的秋天无处不在
我对着毕业照，使劲辨认同学的脸
想从遗忘中拉扯出来
可是很多都对不上号，只有诧异

我让三十年前的秦兵去寻找
记忆刚一复活就又缩了回去
除了拉过手的女同学
他们都认不出我了
我那流浪的青春记忆
我这些受过苦的中年同学

重新又开始了生长
新地址，新电话
一串串奇怪的数字
把大家重又组合一遍
都聚在那本棕色仿皮的通讯录里
继续着以后的人生

两个女同学

当年，一言难尽的夏天
你们习惯一起行走
一起微低下精致的头
而学校是一面面灰白的幕墙
伫立在贺兰北边的果园里
泛出夕阳烤出的馒头黄
映出多少师专生时代的身影

紫色的你，蓝色的她
像纸折的鸟儿，从那屏幕上飞过
你俩的翅膀被你们的母亲
装扮成白领的模样
你们灵巧地坐在画室里
全班的男生都想保护你

你们是秀雅清灵的女孩
是画家们表现的模特
后来，我去矿探队子弟学校看你

山水光景

黄河在不远的地方静静流着
你让学生们在草滩上画画
孩子们在你身边羊群一样幸福

我答应给你画画，一直没画
多少年了和你说过的话
轻得像你手里的昙花
多少年了，我们都在恍惚中成长

直到三十年后的十月
我们结伴前往额济纳
寻找丢失的什么
你们像胡杨林中美丽的精灵
出没在我眼前，使我恍然觉得
这是一出多么长的仲夏夜之梦

巨大的方阵在舞蹈

流淌的音乐强烈而有序
凭空绽放的舞蹈青春飞扬
二千多个学生站在自己的位置上
想象的蝴蝶哗然而起

少年们用蓝白交织的服装
荡起大海一样的潮水
二千多个少年的心脏同时跳动
在规定的位置上气势非凡

他们是号令下摇摆的水族
划动凝滞的时空,绽放梦幻的身体
巨大的方阵在沉寂中起伏涌动
二千多个少年一起展开飞翔的双臂

他们双脚的踩踏,使大地倾斜
他们一致的动作,使阳光倾斜
二千多人同时跃向空中
我在一扇窗口,泪水模糊了他们的身影

向前飞

我坐在余斌的身后向前飞
越野温馨的车厢里
弥漫着均匀的男人和女人的气息
两位女同学歌唱着我们的友情

车在大地上飞,我们在记忆里飞
车过贺兰山,车过苏红图
余斌,这俊朗的青年
三十年后才长出胡须
他是个学佛的人,明朗的额上
睁着第三只松果般的眼

一棵菩提,无惹尘埃
他的车挟风裹云,划过大地
他带着我们飞入虚幻
他手握方向盘,无边的戈壁荒野
从西方的天边不断地涌来
穿过我们的胸膛。飞鹰如雪

推开大气玄蓝的鼓角
我们一起涉过忘川

从巴彦浩特到雅干
循着西域的千年古道
煨煮在黄昏的红尘里
他把我们带入地下
这是怎样的奇观啊
我们不断下沉
进入胡杨燃烧的峡谷
穿行在巨龙的腹内
纵横交错，无始无终

仿佛什么节日，十月的人们
闻香而来，从金箔的森林经过
额济纳之夜躁动穹庐
黑水河撒满了天上的群星
我听到收音机里
蒙古男人悠远的歌声
和女人幽柔的话语

我们找到了神树旁的家园
嗅到了胡杨林的气味
闻到了酒和羊肉的香味
感到了族里男人的豪放和女人的温柔

他来回了七次，而我只在梦中
我们逐过水草的先祖
做过谁的主人和奴隶

大家念着芝麻开门
人马就陷进了额济纳
我们来寻梦中的故园
一路上看尽前世的河川
乌兰布和，苏红图，达来库布
哈日苏海，乌力吉，雅干，居延海

这些可以飞翔和陨落
可以停留并长眠的地方
这些荒凉和丰美
坦露四季并深藏雨水的地方
这些欣喜和悲伤
爱情生长并开花结果的地方
这些可以眺望海洋
还给我们青春的地方啊
可是我灵魂的故乡

学生太平

太平不是太平公主的那个太平
太平是个壮汉,在这个黄昏
太平背着他的琴,从远方的城市回来

太平是个出色的键盘手
太平是匹会唱歌的骏马
他能做出柔美的旋律
太平又胖了些,嘴里有些酒气

太平抓紧我的手,说我是他的老师
我说是的,太平是我看着成长的
太平没有当老师,而是搞了音乐
我说音乐好啊,音乐真好

这么多少年了
我都在莫名其妙地哼唱着什么曲子
我就靠音乐活着

主持人

主持人有一双遥远而明亮的眼睛
常在电视里温婉又闪亮出场
我问不少人，你喜欢她吗

他们大多都说，喜欢
有的领导说，哦，不错嘛
有些男士还对气质身材进行评估

但有人说，那是屏幕形象
都是化妆、打扮、剪接出来的
真实的美都被遮盖，离现实还有距离

还有人说，她可能是个野蛮女友
也可能是个厉害的女权主义者
她的心灵世界无人能知

牙 疼

我正拿着一支毛笔
想起曾要过我命的牙疼
忽然冒出不相关的念头
曾用这支软软的羊毫笔
到处写满躁动莫名的汉字
毫无意义的黑色指控
像盲人到处印满自己的指纹
如老虎圈出自己的领地
埋下人生疼痛的残碑
用这种方式象征
牙的某种征服与某种避世

讲　台

慷慨，牢骚，压抑，清贫
语言上的疤痕，文明病的心悸
在几十双孩子的目光里
却无法坦然

讲台从出生起
就是供养尊严和责任的地方
吹去浮草，筛尽沙砾
呕尽心血，熬干脑汁
让这方寸之地能在清洁的校园里
常开真善美的花

然而没人多想
它美好的苦心和艰辛的错误
在人为的生命成长的原则里
亲近着多少谬误和平庸

门房日记

门是一个单位、团体或家族的口
我在这里当班,像一颗戴眼镜的牙

一包铁蚕豆可以消磨时光
我嚼着,走出三面开窗的房子

门厅前六盆怒放的假花
不知冷暖的火焰托在半空
我嚼着铁蚕豆一样的时光

立刻就职业化了,地雷的秘密
第一天,我就探听出来
那就是对时间的淡漠

对生命的木然,我惊出一身冷汗
摁下开启大门的按钮
放进拉泔水的车

三号病室

医书上的媒妁之言
针灸着我缺氧的躯体
寻医问药,像买古董一样小心
生活的深度被巫师点透
疾病的一半是人,另一半是鬼
我步步临近着劫数的孽缘

伏在病床上的灵异迷惑着我
横生暧昧,生死的概念空灵干净
无名的花草摇曳在午后的窗台上
犹如来自地下,我从楼道上来
惊醒的族人面容瘦长
像锈浊的剪刀

目光相碰,无形的仪式
所有物件都染上药味
看看吧,我是一个薄脆的物种
一种被蚊虫喜食的肉类

我向往一处白色无人的空间
要全身注满抗菌的工业制剂
剔去青春物语中难以言说的伤痛

我要走出忧伤而洁静的睡眠
这个才开张的三号病室
三张床上无人去世
我又独自走在异乡的陌生中
轻若浮云，嗅着消毒液的芳香

我的问题是骨子里的涣散
无意把处世的道德拆得破烂
我像鱼类寻着静谧的海洋
要浮在空寂中，回归灵魂的安宁
进入无忧的梦园

可宁静被打破，四壁坚硬苍白
不断压来，哪里才是我栖息的林地
在凡尘，某一片空域
我已无法如意地起飞降落了
注定流浪在寒春冷雨中

说点书法

书法很重,它长在泰山上
神龟驮着那些巨大的石碑飞翔
石上凿满了华夏感知的灵光

书法很大,一字一世界
你看不尽它们的笔锋下
黑白纠结的辽阔疆域
那些无数的字,要是飘起来
像世上所有的鸟遮蔽天空

书法又很轻,附在轻薄的纸帛上
从粗涩的黄麻到光洁的宣德笺
无数静息平淡的文字
像异人的手语
惊心动魄又烟消云散

我被命定的浮躁卷进了书写
理论上的美好和自由让我热泪盈眶

甲骨神秘，石鼓斑驳
新月般的小篆突起惊蛇
尺牍上离巢的王谢燕影

笺纸上复苏着生命的体势
在一个旋折的墨点上
随着王羲之笔迹的律动
向自然和心底的深渊落下

我触摸着茅山道士神谕的虚空
书也如也，我用毛笔对着人生画符
对着一种尘缘与救赎的仪式
铃下血色的印章

经书一样的供养
打通了所有木讷的神经
而刻骨的书法不在了
一片纯净的乐声连绵起伏

天女散花，漫天破碎的羽毛
这次我又丢失了什么
这种生命的因缘之旅
这几何结晶的世界
通向我心灵迷失的旷野

山水光景

　　我走到了书法的尽头
　　解构了自己，涅槃了书法
　　贴近一种原初的真相
　　抽象无际的阳光地带

　　我放逐自己
　　接近自身和世界的内里
　　那个折旋下去的神秘墨点
　　引发星光，潮水一样向这里汇集

　　天下无物飞草书
　　不知赤白渡灵府
　　幻听幻觉已离去
　　身在粼粼波光处

后 记

《山水光晕》这本诗集里的作品，最早刊发的至现在已经很多年了，和近些年的作品放在一起，有些不同时期的特点和影子，诗集内容编为三辑（三月天空，山水之间，一聚又散），随青铜峡市六卷文学丛书《大河文丛》一同出版，是六部作品之一。

用不少时间来写诗，这对艰辛的人生来说是件有益的事。

我自己培植着自家的花园，对于凡尘，诗是救赎的引路者，能抚慰我们的灵魂，愿我心扉上的诗行是真与爱的野草和珠贝。

青铜峡是一片神奇的地方，地处宁夏黄河九渠之首，南有都江堰，北有青铜峡，素有塞上明珠的美誉，自古也是人文荟萃之地。肥沃黄土澎湃的地气，滋养着这里的生灵。我生活在这里，我留恋这个地方，我的父辈们从部队转业，在这里奉献了一生，我的母亲也已白发苍苍，这部诗集中大多数作品，都是我对这里亲人的至爱，对这里人们的牵挂。那稻麦的香、苹果的晕眩、爱情的甜涩、沙尘吹醒的白杨、天空幽蓝的咒语、神树出没、日出日落间黄河金泥的流水融化在我月下的梦中。

诗歌有着自身的规律，不同于作文，但均是人之所为。人的改变不能预期设计而修成正果，这有其自身的路径，所以诗史上的主义或实验之作，鸿篇或精巧之作，既是人对诗歌的彻悟，也是诗歌对人的塑造。

现实世界的本质是有诗性的，关键在于诗人的发现能力，发现平庸生活中蛰伏的诗意,并符合创作规律地呈现出来。

我的性情为于诗歌更为适宜,常用匠人之心,刻写诗的顽石玉料。里尔克说:"挺住意味着一切。"这让我感到一种认命的幽默,但良心不泯,心怀悲悯更为重要。

诚挚地感谢青铜峡市委、政府,市委宣传部,感谢杨旭年常委,感谢编审杨梓老师,感谢在我诗歌创作道路上所有的支持者!这些倾心之作结集为一束绽放的鲜花,于我而言,是一份珍贵的礼物,亦是对人生的慰藉,我珍惜这份弥足珍贵的情谊,并将更加勤奋,笔耕不辍。

秦　兵
2017年11月13日